The Frog and His Friends Save Humanity

La rana y sus amigos salvan a la humanidad

By / Por Víctor Villaseñor

Spanish translation by / Traducción al español de Edna Ochoa

Illustrations by / Ilustraciones de José Ramírez

Piñata Books
Arte Público Press
Houston, Texas

Publication of *The Frog and His Friends Save Humanity* is made possible through support from the Clayton Fund, the City of Houston through The Cultural Arts Council of Houston, Harris County, and the Powell Foundation. We are grateful for their support.

Esta edición de *La rana y sus amigos salvan a la humanidad* ha sido subvencionada por la Fundación Clayton, el Concilio de Artes Culturales de Houston, Condado de Harris y la Fundación Powell. Les agradecemos su apoyo.

Piñata Books are full of surprises!
¡Los Piñata Books están llenos de sorpresas!

Piñata Books
An Imprint of Arte Público Press
University of Houston
452 Cullen Performance Hall
Houston, Texas 77204-2004

Villaseñor, Víctor.
    The Frog and His Friends Save Humanity / by Víctor Villaseñor; illustrations by ; José Ramírez; Spanish translation by Edna Ochoa = / La rana y sus amigos salvan a la humanidad / por Víctor Villaseñor ; ilustraciones por José Ramírez ; traducido al español por Edna Ochoa.
        p.   cm.
    Summary: In the Spring of Creation, the animals gather around a newly arrived creature and decide that it is funny and cute—a joke of Mother Nature—and work together to save this first human child from extinction.
    ISBN 1-55885-429-0
    [1. Babies—Fiction. 2. Animals—Fiction. 3. Human-animal relationships—Fiction. 4. Creation—Fiction. 5. Spanish language materials—Bilingual.]
    I. Title: La rana y sus amigos salvan a la humanidad.   II. Ramírez, José, ill.
    III. Ochoa, Edna, 1958–   IV. Title.
    PZ74.1.V543 2005
    [E]—dc22   2004044642
                                                                                              CIP

5 6 7 8 9 0 1 2 3 4   0 9 8 7 6 5 4 3 2 1

To my father, his mother, and all people from Oaxaca where this story came from.
—VV

To my daughters, Tonantzin and Luna.
—JR

A mi padre, su mamá y toda la gente de Oaxaca de donde viene esta historia.
—VV

Para mis hijas, Tonantzin y Luna.
—JR

Have you ever wondered why frogs croak so loudly when nighttime is approaching? Why it is so hard to keep a turtle from trying to get away? Or why armadillos, who are so shy, always seem to get in trouble?

When I was little, I was told the answers to all three questions. A long, long time ago, there were no humans in the world. The whole Earth was at peace, and there was no confusion.

Frogs did what frogs do. Turtles did what turtles do. Armadillos did what armadillos do. So did deer, bears, lions, ants, flies, grasshoppers, birds, rocks, trees, grass, flowers, winds, waters, and even the mighty fire . . . Everyone did what he or she knew best to do before there were any humans.

¿Se han preguntado alguna vez por qué las ranas croan tan fuerte cuando anochece? ¿Por qué es tan difícil evitar que una tortuga se escape? O ¿por qué los armadillos, que son tan tímidos, siempre se meten en problemas?

Cuando era pequeño, me dieron las respuestas a las tres preguntas. Hace mucho, mucho tiempo, no había humanos en el mundo. Toda la Tierra estaba en paz, y no había confusión.

Las ranas hacían lo que tenían que hacer. Las tortugas lo que tenían que hacer. Los armadillos lo que tenían que hacer. Los venados, los osos, los leones, las hormigas, las moscas, los saltamontes, los pájaros, las piedras, los árboles, el césped, las flores, los vientos, las aguas y hasta el poderoso fuego hacían lo que tenían que hacer. Todos hacían lo que sabían hacer mejor, antes de que hubiera humanos.

One day, in the Spring of Creation, a strange two-legged creature appeared. Right away the bear knew that this creature was not going to be as strong as he was. The deer could tell that it was not going to be as fast as she was. The birds could all see that it was not going to be able to fly like they did. The grasshopper knew that it was not going to hop like him.

No one knew how this two-legged creature would survive. Not even the ant or the fly, with their great talent for survival, could figure out what this strange creature would do to prepare itself for the ways of the world.

Un día, en la Primavera de la Creación, apareció una extraña criatura con dos piernas. Al instante el oso se dio cuenta de que esta criatura no iba a ser tan fuerte como él. La venada supo que no iba a ser tan rápido como ella. Los pájaros vieron que no iba a poder volar como ellos. El saltamontes sabía que no iba a saltar como él.

Ninguno sabía cómo esa criatura de dos piernas sobreviviría. Ni la hormiga ni la mosca, con su gran talento para la supervivencia, podían imaginarse cómo esta extraña criatura se prepararía para enfrentar al mundo.

"So, let's just eat him," said the lion, licking his chops.

"Yeah, we'll help you," said the coyote and the wolf, their mouths watering.

"I'll clean up the delicious mess," said the fly.

"Wait, just hold on," said the turtle. "How do you know that it's not poisonous?"

"Ugh!" said the lion. "It might be poisonous. Look, it's skinless."

"Yeah, that's true," said the wolf. "It does look pretty ugly."

"So how do we find out if it's poisonous or not?" asked the wise, little fox.

—Entonces, comámoslo —dijo el león, relamiéndose.

—Sí, nosotros te ayudaremos —dijeron el coyote y el lobo, haciéndoseles agua la boca.

—Yo limpiaré las deliciosas sobras —dijo la mosca.

—Esperen, un momento —dijo la tortuga—. ¿Cómo saben que no es venenoso?

—¡Uf! —dijo el león—. Puede ser venenoso. Miren, no tiene piel.

—Sí, es cierto —dijo el lobo—. Se ve bastante feo.

—¿Cómo sabemos si es venenoso o no? —preguntó el pequeño y sabio zorro.

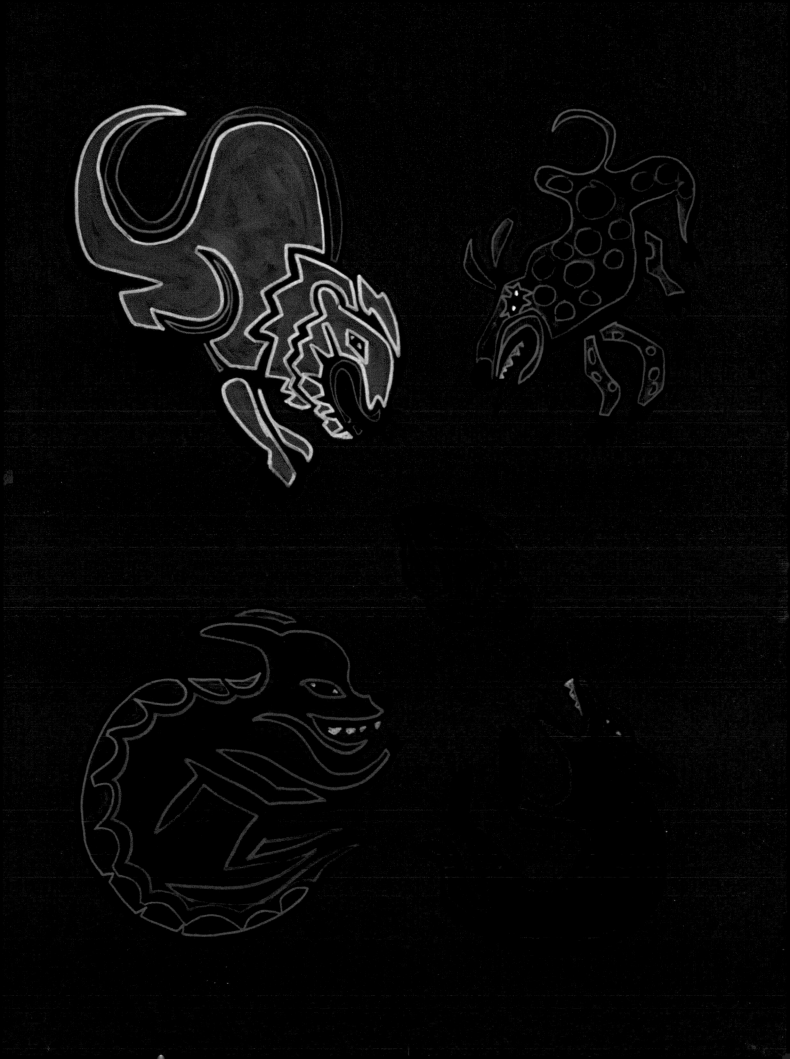

The fat frog came out of the pond with some advice that made sense.

"Look," she said to all who had gathered around to see the new creature. "When I was born, I didn't come into the world as the big, mighty, good-looking, fat bullfrog that I am today. No, I first came into this world as a skinny, little, almost see-through fish—a pollywog, I was called.

"I looked a lot like this creature. I swam around in the different ponds of the world until I got strong enough to sprout legs and arms. So, I think that what we have here is a little creature that sprouted its legs and arms too soon. Look, it can't even use them. But who knows, it might turn into something wonderful, like I did."

The animals marveled at what the frog had just said.

La rana gorda salió de la laguna para dar un consejo que tenía sentido.

—Miren —le dijo a todos los que se habían juntado para ver la nueva criatura—. Cuando nací, no era la grande, poderosa, bien parecida y gorda rana que ven ahora. No, primero vine a este mundo flaca, pequeña, como un pez transparente. Renacuajo, así me llamaban.

—Me parecía mucho a esta criatura. Nadé en diferentes charcos del mundo hasta que fui lo bastante fuerte para desarrollar brazos y piernas. Por lo tanto, pienso que lo que tenemos aquí es una pequeña criatura que desarrolló sus piernas y brazos demasiado pronto. Miren, ni siquiera puede usarlos. Pero quién sabe, quizá se convierta en algo maravilloso como yo.

Los animales se asombraron con lo que dijo la rana.

Then the turtle spoke, "I agree with our wise friend the frog. This creature doesn't have a hard shell to protect it from the hot sun and the cold rain, like I do. But, who knows, it might someday become a great creature like the rest of us."

The big strong bear laughed. "Well, I'll be," he said, "although you are little, you make a lot of sense. Look, this poor thing doesn't even have a furry skin to keep itself warm on cool, winter nights. So unless we figure out how to help it, it's sure to die by night fall."

"I agree with you completely," said the frog. "But what can we possibly do to help? I hate to say this, but look at it. It's a real mess."

Just then the creature kicked his feet and smiled a big smile.

"Look, you have to admit, though, it is cute when it smiles."

Entonces habló la tortuga: —Estoy de acuerdo con nuestra sabia amiga la rana. Esta criatura no tiene un caparazón duro que la proteja del sol caliente y de la lluvia fría, como yo. Pero, quién sabe, algún día podrá convertirse en una gran criatura como el resto de nosotros.

El oso grande y fuerte se rio. —Pues, caramba —dijo— aunque son pequeñas, tienen mucha razón. Miren, esta pobre cosa no tiene pelos en la piel para protegerse durante las noches frías del invierno. Si no pensamos en cómo ayudarla, es seguro que morirá cuando anochezca.

—Estoy completamente de acuerdo contigo —dijo la rana—. Pero, ¿qué podemos hacer para ayudarle? Odio decirlo, pero mírenla. Es un verdadero desastre.

En ese momento la criatura pateó y sonrió con una gran sonrisa.

—Miren, tenemos que admitirlo, es linda cuando sonríe.

At this moment, the armadillo came walking through the trees and grass. Everyone made room for the ironclad creature with the long, quick-moving ears. After all, he was one of the oldest and wisest animals, next to the turtle and the frog. Armadillos were some of the first creatures to populate Earth.

"Well, what do we have here?" asked the armadillo. "It's getting a little too late in the Spring of Creation for us to get new creatures, you know."

"Yes, we know," said the turtle, shaking his head.

"But what are we to do?" added the frog. "Mother Nature has always had a weird sense of humor."

"Yes, look at you," said the turtle to the frog, laughing good-naturedly.

"Me?" replied the frog. "Look at yourself. I am fat and short, and absolutely beautiful!"

En ese momento, el armadillo apareció caminando a través de los árboles y el césped. Todos hicieron espacio para el animal acorazado y de orejas largas de movimiento rápido. Después de todo, era uno de los animales más viejos y sabios, junto a la tortuga y la rana. Los armadillos fueron unos de los primeros animales de poblar la Tierra.

—Bueno, ¿qué tenemos aquí? —preguntó el armadillo—. Es un poco tarde en la Primavera de la Creación para que tengamos nuevas criaturas, ¿saben?

—Sí, sabemos —dijo la tortuga sacudiendo la cabeza.

—Pero, ¿qué vamos a hacer? —agregó la rana—. La Madre Naturaleza siempre ha tenido un raro sentido del humor.

—Sí, mira cómo eres tú —le dijo la tortuga a la rana, riéndose de buena gana.

—¿Yo? —replicó la rana—. Mírate tú. ¡Yo soy gorda y bajita y totalmente hermosa!

"All right, let's not get into that old argument of who's the weirdest of the weird," said the armadillo, glancing about. "Long ago we found out we're all a pretty funny looking lot."

Everyone laughed.

"Look," continued the frog, "I think that I'll just rub its soft belly like my mother always did with me and see what happens. I'm sure this creature can do something besides smile."

Everyone watched as the frog reached out with its little hand and began to rub the creature's belly. As she did, the baby let go of a big fart.

Everyone burst out laughing, even the skunk.

"Oh, my dear," said the turtle. "It can really fart, can't it?"

"Yes, and look at it laugh when it farts," said the deer.

—Está bien, no entremos en el viejo argumento de quién es el más raro de los raros —dijo el armadillo, mirando a su alrededor—. Hace mucho tiempo que descubrimos que todos tenemos nuestras rarezas.

Todos rieron.

—Miren —continuó la rana—. Voy a frotarle la panza suavemente como mi madre me lo hacía a mí, y veremos lo que sucede. Estoy segura que esta criatura puede hacer algo más que sonreír.

Todos miraron cuando la rana extendió la manita y empezó a frotarle el estómago a la criatura. Mientras lo hacía, el bebé soltó un gran pedo.

Todos estallaron en risas, hasta el zorrillo.

—Cielos —dijo la tortuga—. En verdad puede tirar pedos, ¿qué no?

—Sí, miren cómo se ríe cuando echa pedos —dijo el venado.

"Watch, I'll rub its tummy and sing to it like my mother sang to me," said the frog. "Rub, rub, get well, get well, little pollywog tail, let out a little fart and all will be well."

This time the creature laughed. It let go of such a long series of baby farts, that even the bear, the deer, the big hairy bugs, and the birds started to laugh.

"Maybe this is the creature's special gift," said the armadillo, laughing the loudest of all.

"Farting?" asked the turtle.

"Of course, why not?" said the skunk. "Mine is to stink, so why can't his be to fart?"

"You mean, that all of you think that Mother Nature sent us a farting creature this late in the Spring of Creation?" said the bear, very confused.

"I don't know what else to think," said the fly.

The creature's presence puzzled everyone. Never before had a creature come into the world that did not make sense. For the first time in all of Creation, there was confusion and wonder.

—Miren —frotaré su estómago y le cantaré como mi madre me cantaba —dijo la rana—. Sana, sana, colita de rana, saca un pedito y sanarás mañana.

La criatura se rio esta vez. Soltó tal serie de peditos que hasta el oso, el venado, los insectos peludos y los pájaros comenzaron a reír.

—Quizá éste sea el regalo especial de la criatura —dijo el armadillo, riéndose más fuerte que todos.

—¿Echar pedos? —preguntó la tortuga.

—Por supuesto, ¿por qué no? —dijo el zorrillo—. El mío es apestar, así que ¿por qué no puede ser el suyo echar pedos?

—¿Quieren decir que ustedes piensan que la Madre Naturaleza nos envió una criatura pedorra tan tarde en la Primavera de la Creación? —dijo el oso muy confundido.

—No se me ocurre nada más —dijo la mosca.

La misteriosa presencia de la criatura confundió a todos. Nunca antes había llegado al mundo una criatura que no tuviera propósito. Por primera vez en toda la Creación, había confusión y duda.

Father Sun was going down. The frog, the turtle, and the armadillo had to come up with a plan fast. If not, the poor defenseless creature would not survive.

Just then, a group of beautiful butterflies came flying by. They looked happy as they danced on their way home for the night.

"Wait! I have a great idea!" croaked the frog, excitedly.

"Me, too!" screeched the turtle, equally excited.

"Ah, could it be," asked the armadillo in his slow, soothing voice, "that we are all having the same great idea at the same time?"

"I think so," said the frog, still croaking with excitement. "When I saw the beautiful butterflies, I thought that this creature was put on Mother Earth to bring us together with laughter, just like the butterflies bring us together with their beauty. Look, for the first time in a long time, here we are all happy and laughing together."

All the animals, small and tall, glanced at each other. They knew it was true.

El Padre Sol se fue ocultando. La rana, la tortuga y el armadillo tenían que idear un plan rápido. Si no, la pobre criatura desvalida no sobreviviría.

En ese momento, un grupo de hermosas mariposas llegó volando. Parecían felices mientras danzaban camino a su casa para pasar la noche.

—¡Esperen! ¡Tengo una gran idea! —dijo la rana croando emocionada.

—¡Yo también! —gritó la tortuga, igualmente emocionada.

—Ah, ¿será posible —preguntó el armadillo con su lenta y suave voz— que todos tengamos la misma gran idea al mismo tiempo?

—Eso creo —dijo la rana croando con emoción—. Cuando vi las hermosas mariposas, pensé que esta criatura fue puesta sobre la Madre Tierra para unirnos con la risa, así como las mariposas nos unen con su belleza. Miren, por primera vez en mucho tiempo, aquí estamos todos felices y riéndonos.

Todos los animales, pequeños y altos, se miraron unos a otros. Sabían que era cierto.

"Do you think Mother Nature sent us a joke to make us laugh in the last days of the Spring of Creation?" the armadillo asked the frog.

As if on cue, the creature let go of another stream of big, loud baby farts. It began kicking its feet and waving its little fat arms, laughing uproariously. All the animals laughed, too. There was no more confusion. Mother Nature had sent them a joke!

"Look," said the frog, "we don't have much time. So quickly, we must work together to ask the world to not harm this creature. If we take turns helping it as it grows up, maybe someday it'll blossom from its ugly, defenseless state, and turn into something great and glorious like me. Remember, I was once a pollywog."

The armadillo laughed. "I was thinking the same thing when I saw the butterflies. Remember that these gorgeous butterflies first come into the world as hairy caterpillars."

"Wait! Hold on!" said the turtle. "Do you think someone will believe such a fantastic story? This creature can't do anything except laugh and . . ."

"Fart!" they all said, laughing again.

—¿Piensas que la Madre Naturaleza nos mandó una broma para hacernos reír en los últimos días de la Primavera de la Creación? —le preguntó el armadillo a la rana.

Como si fuera una señal, la criatura lanzó otra cadena de grandes y ruidosos peditos. Empezó a patalear y a mover sus gordos bracitos, riéndose escandalosamente. Todos los animales se rieron también. No había más confusión. ¡La Madre Naturaleza les había mandado una broma!

—Miren —dijo la rana— no tenemos mucho tiempo. Así que debemos trabajar muy rápido todos juntos para pedirle al mundo que no dañe a esta criatura. Si nos turnamos para cuidarla mientras crece, tal vez algún día deje de ser fea e indefensa, y se convierta en algo maravilloso y bello como yo. Recuerden que una vez fui un renacuajo.

El armadillo se rio. —También pensé lo mismo cuando vi las mariposas. Recuerden que estas bellas mariposas primero vinieron al mundo como orugas peludas.

—¡Esperen, un momento! —dijo la tortuga—. ¿Piensan que alguien creerá una historia tan fantástica? Esta criatura no hace nada más que reír y . . .

—¡Echar pedos! —dijeron todos riendo de nuevo.

"Come on," said the frog, "see how we're all laughing. Let's save this creature. I'll croak the news before it gets dark. It's our responsibility to help it in its first few days in this world."

"Even though I'm slow, I can help spread the news," said the turtle.

The armadillo started to laugh so hard that he got a cramp in his belly. He curled into a ball and rolled down a slope. "Good luck trying to convince anyone of that story!"

"Let's just eat him," said the lion once again.

"Oh, no, you don't," said the turtle. "A lot of you may have forgotten, but I have been here ever since the great blue whale took me down to the bottom of the sea on her back. She brought me back up with a mouth full of earth so I could start making all the lands of the world. Not one of you land animals or birds or bugs would be here today if it were not for the great whale and me. Mother Nature does not make mistakes, and we must help this creature."

—Vamos —dijo la rana—. ¿Ven cómo nos estamos riendo? Salvemos a esta criatura. Yo croaré las nuevas antes de que oscurezca. Es nuestra responsabilidad ayudarla en sus primeros días en este mundo.

—Aunque soy lenta, yo también puedo ayudar a anunciar las nuevas —dijo la tortuga.

El armadillo empezó a reírse tan fuerte que le dio un calambre en la panza. Se enrolló como una pelota y rodó cuesta abajo. —¡Suerte cuando intenten convencer a alguien con esa historia!

—Comámoslo —dijo el león nuevamente.

—Oh, no, ni se te ocurra —dijo la tortuga—. Muchos de ustedes pueden haberlo olvidado, pero yo he estado aquí desde que la gran ballena azul me llevó sobre su espalda a las profundidades del mar. Me trajo de regreso con la boca llena de barro para que empezara a hacer todas las tierras del mundo. Ninguno de ustedes, animales de la tierra o pájaros o insectos estarían aquí si no fuera por la gran ballena y por mí. La Madre Naturaleza no comete errores, y nosotros debemos ayudar a esta criatura.

"I agree," said the fly. "There isn't one of us who didn't get help from someone."

"That's right," said the bear.

"There will be a day," said the turtle, "when we will remember this day of the Spring of Creation. We'll be proud of ourselves because we took the time to protect this creature long enough so that it could grow into something beautiful."

A delicious breeze blew and the grass began to dance, the flowers smiled, the trees sang, and the rocks laughed. For here, in the Spring of Creation, everyone present had finally agreed on how to handle the confusing situation.

—Estoy de acuerdo —dijo la mosca—. Aquí no hay nadie que no haya recibido ayuda de otro.

—Es cierto —dijo el oso.

—Habrá un día —dijo la tortuga—, cuando recordemos este día de la Primavera de la Creación. Estaremos orgullosos de nosotros mismos porque nos habremos tomado el tiempo para proteger a esta criatura hasta que se haya convertido en algo hermoso.

Una deliciosa brisa sopló y el césped empezó a bailar, las flores sonrieron, los árboles cantaron y las rocas rieron. En ese momento, en la Primavera de la Creación, todos los presentes por fin estaban de acuerdo en cómo manejar la confusa situación.

This is why, even to this very day, frogs still croak loudly each evening, turtles are always busy going somewhere, and armadillos laugh so hard that they curl up into balls and roll down hillsides.

Each day that passes by, the world witnesses the moment in which two-legged creatures blossomed from their defenseless state into wonderful humans. . . . Just like the caterpillar turns into a gorgeous butterfly, and the pollywog into a great frog . . . It is true: Mother Nature does not make mistakes. So humans must have been put on earth for some good reason, other than being selfish children full of gas!

Por eso es que hasta nuestros días, las ranas todavía croan fuertemente en la noche, las tortugas siempre están ocupadas yendo a algún lugar y los armadillos se ríen tan fuerte que se convierten en pelotas y ruedan cuesta abajo.

Cada día que pasa, el mundo sigue siendo testigo del momento en que las criaturas de dos piernas se transforman en maravillosos seres humanos. . . . Así como el gusano se convierte en una hermosa mariposa y renacuajos en lindas ranas . . . Es cierto, la Madre Naturaleza no se equivoca. ¡Los humanos están sobre la tierra por alguna buena razón, y no sólo porque son unos egoístas llenos de pedos!

Víctor Villaseñor says that when he was little, every time he felt sick, his mother would put him to bed and rub his forehead or belly and sing, "Rub, rub, get well, get well, little pollywog tail, let out a little fart and all will be well." He would laugh and laugh, fart a little, feel much better and go to sleep. He states that when he would ask his parents where the song came from, his father would tell him the story of how the frog and his friends saved humanity. This story helped him understand why humans look pretty funny and fragile when they come into the world, and as they grow, they become as useful and beautiful as a housefly. "A housefly," Víctor says "has beautiful, huge, colorful eyes and delicate transparent wings. Indeed, all of Mother Nature's creations are beautiful."

Víctor Villaseñor dice que cuando era pequeño, cada vez que se sentía enfermo su madre lo acostaba y le sobaba la frente o el estómago y le cantaba: "Sana, sana, colita de rana, saca un pedito y sanarás mañana". Villaseñor se reía, se echaba un pedito para sentirse mejor y dormir. Indica que su padre le contó la historia de cómo la rana y sus amigos habían salvado la humanidad cuando él pregúntaba de dónde venía la canción. Esta historia le ayudó a comprender por qué los humanos tienen un parecido divertido y frágil cuando vienen al mundo, y cuando crecen, se convierten en seres útiles y bellos como una mosca. "Una mosca", dice Víctor, "tiene ojos bellos, grandes y coloridos y alas transparentes y delicadas. En fin, todas las creaciones de la Madre Naturaleza son bellas".

José Ramírez is an artist and teacher who was born and lives in Los Angeles. He has been teaching for more than ten years in the South Central, East L.A. and Pico Union neighborhoods of Los Angeles. His work as an artist has taken him to New York, Japan, San Francisco, Washington DC and Mexico. His work has appeared in the series "American Family" (PBS) and InMotionMagazine.com. In 2001, he received the Getty Visual Arts Fellowship. His children's books include *Nuevo Sol* (2002) and *Zapata para niños* with Elena Poniatowska (2004); he is currently working on *Quinito's Vecindad* (Children's Book Press).

José Ramírez es un artista y maestro que nació y vive en Los Ángeles. Ha enseñado por más de diez años en los barrios de South Central, East L.A. y Pico Union de Los Ángeles. Su trabajo como artista lo ha llevado a Nueva York, Japón, San Francisco, Washington DC y México. Sus obras han aparecido en las series "American Family" (PBS) y InMotionMagazine.com. En el 2001 recibió la beca Getty Visual Arts. Sus libros para niños incluyen *Nuevo Sol* (2002), *Zapata para niños* con Elena Poniatowska (2004); y al momento se encuentra ilustrando *Quinito's Vecindad* (Children's Book Press).